꽃비 내리는 날

글쓴이 **최두호**(崔斗鎬)

- 한국아동문예작가회 부회장
- 한국문협경기도지회 심의위원장
- 한국문협문학사료발굴위원회 위원
- 463-928
  경기도 성남시 분당구 야탑동 536
  탑마을선경아파트 105동 502호
  전화 (031) 703-1212/ 011-9059-5009

그린이 **이정애**(李貞愛)

- 동의대학교 및 영남대학교대학원 서양화전공 졸업
- 동의대학교 예술대학 미술학과 겸임교수
- 여성상(성남시장상/예능)·성남미술상·혁신문화예술인대상
- 한국미협성남지부 서양화분과장·경기여류화가회
  부회장·성남문화의집 운영위원 및 서양화 강사
- 464-040
  경기도 광주시 삼동 301-1/ 손전화·010-5633-3799

표지글씨·**최미연**   내용글씨 **차원재**

꽃비 내리는 날

책가방 속에 동시집 한 권이 들어 있으면

봄, 여름, 가을, 겨울

사계절 속에 사는 우리나라 어린이들은 얼마나 행복한가.

계절 따라 피는 꽃이 얼마나 많고 계절따라 바뀌는 산과 들은 그 얼마나 신비스러운가.

이 아름다운 산, 강, 들, 하늘을 날마다 쳐다보고 느끼며 감상하고 사는 어린이들은 얼마나 될까.

요즈음 우리나라 어린이들은 너무 바쁘다. 학원가느라 바쁘고, 게임하느라 바쁘고, TV 보느라 바쁘다.

바쁘다 보니 계절이 언제 바뀌었는지 산과 들에는 무슨 꽃이 피고 지는지, 그저 그렇게 바뀌는 계절을 보내버리고 만다.

고개들어 파란 하늘을 한번 쳐다볼 여유, 길가에 피어있는 나무와 꽃들을 쳐다볼 여유가 없다.

바쁘게 쫓기며 사는 우리 어린이들에게 파란 하늘에 떠있는 구름, 밤하늘에 떠있는 달과 별 넓은 들을 바라볼 수 있는 여유, 아이들에게 여유와 자유, 아름다움과 즐거움을 주고자 여기 이렇게 동시들을 모아보았다.

바쁜 생활 속에서도 동시 한 편 읽어보고 그 무거운 책가방 속에 동시집 한 권이 들어있는 세상, 동심이 묻어가는 아름다운 세상 만들기에 나도 한번 보탬이 되고자 한다.

　　동시는 어린이만 읽는다는 편견을 버렸으면 좋겠다. 아빠도 엄마도 삼촌도 할머니도 모두다 읽는 동시, 그런 동시를 쓰고 싶었는데 그건 나의 바람이 얼마나 성취되었을까 걱정이다.

　　이 동시집은 이 땅의 모든 사람들이 읽어보고 그 중에서 한 편이라도 마음에 든 것을 발견했다면 나는 그것으로 위안을 삼고자 한다.

　　이 동시집이 나오기까지 예쁜 그림도 그려주시고, 글씨도 써주시고, 발문도 써주시고, 책으로 만들어주신 분들께 감사, 또 감사할 뿐이다.

최 두 호

최·두·호·동·시

꽃 · 비 · 내 · 리 · 는 · 날

최 · 두 · 호 · 동 · 시

꽃 · 비 · 내 · 리 · 는 · 날

최·두·호·동·시

꽃·비·내·리·는·날

꽃비 내리는 날

매화꽃 꽃비가 내리는
3월이 되면
매화꽃 꽃잎을 따서 시냇물에 띄우고

벚꽃나무 꽃비가 내리는
4월이 되면
벚꽃 꽃비를 맞으며 가로수 길을 걷고

아카시아 꽃비가 내리는
5월이 되면
아카시아 꽃잎을 찻잔에 띄우고

꽃비가 내리는 날이 오면
이 세상 모든 사람들에게
꽃잎으로 편지를 써서
바람에 실려 보내고 싶다

하늘을 날아다니는 아이

하늘나라에는
천사 마을이 있습니다

해님은 아빠가 되고
달님은 엄마가 되어
많은 별들을 낳았습니다

은하수 강물 위에서
뱃놀이 하기

별똥별이 되어
지구로 놀러 오기

밤마다 하늘을 쳐다보며
어느새 별이 되어
하늘을 날아다니고 있습니다

하늘 사다리

파란 하늘
해님 사시는 그곳에
하늘 사다리
무지개 타고 올라가면 갈 수 있겠지

아름다운 밤하늘
별님 사시는 그곳에
하늘 사다리
구름을 타고 올라가면 갈 수 있겠지

이 세상 가장 높은 곳
하느님 사시는 그곳에
하늘 사다리
성경 말씀 타고 올라가면 갈 수 있겠지

세상에서 가장 아름다운 별

북두칠성도 견우직녀도 아닙니다
소녀가장의 집
찢어진 문풍지 사이로
얼굴 빼꼼히 내밀고 오면서
〈나는 너의 화롯불〉

사자자리도 오리온자리도 아닙니다
고아원의 창문
유리창 너머로
미끄럼 타고 쏜살같이 오면서
〈나는 너의 반딧불이〉

카시오페아도 아르곤메다도 아닙니다
아배 어매 모두 다 일터에 나가면
산꼭대기 판잣집 문틈 사이로
살며시 고개 밀고 오면서
〈나는 너의 등댓불〉

나는 이름없는 별입니다
세상에서 가장 아름다운 별입니다

하늘나라 우체국

엄마에게 부칠
우표 없는 편지 들고
하늘나라 우체국
찾고 있는 청개구리

산토끼에게 쓴
안부 편지 손에 들고
하늘나라 우체국
찾아 떠난 거북이

해님에게 전할
그림엽서 그려서
하늘나라 우체국
찾아가는 해바라기

바다에게 띄울
나뭇잎 편지 갖고
하늘나라 우체국
찾아 흐르는 시냇물

하늘로 가는 기차

은하철도 구구구는
달랑달랑
칙칙폭폭
오늘도 하늘 향해 떠납니다

손님 하나 달랑
토끼 찾는 소년 싣고
은하수 건너 달나라 향해
칙칙폭폭 기차는 갑니다

손님 하나 달랑
무지개 찾는 소녀 싣고
북두칠성 건너 북극성 향해
칙칙폭폭 기차는 갑니다

손님 하나 달랑
빈털터리 아저씨 싣고
별들 역 건너 에덴동산 향해
칙칙폭폭 기차는 갑니다

비 오는 날의 풍경화

어른들도 어렸을 때는
비가 오는 날이면
발가벗고 이리 뛰고 저리 뛰고

온 동네를 돌고 돌면서
장대비를 맞으면서 자랐는데

오늘날의 어린이들은
비가 오는 날이면
산성비가 내린다고 달리면서

옷 속에, 우산 속에
꼭꼭 숨어서 자랍니다

하늘에 그림을 그리는 아이

혼자서 그림 그리는 아이는
유리창에 입김 호호 불어 놓고
그림 그리다 지우고 다시 그리고

하얀 구름을 바라보는 아이는
하늘 속 도화지 여기저기에
그림 그리다 지우고 다시 그리고

혼자서 마음속에 별들을 그리는 아이는
보고 싶은 별 갖고 싶은 별
그림 그리다 지우고 다시 그리고

엄마 바람

달님도
아기 닮아
잠투정 하나 봐

구름 이불 걷어차도
자꾸 덮어주는
엄마 바람

도시에 뜨는 별

도시 하늘의 별들은
모두 어디로 갔을까?

도시 하늘의 별들을 찾아
밤새도록 숨바꼭질 하다가

끝내는 찾지 못하자
친구가 보내온 '문자 메시지'

'아파트 창문마다
별들이 숨어 있다'

할머니 찾아 줘

할머니 쉬이!
얼른 바지 내리며 대주는 쉬이컵

할머니 '응아'
얼른 나를 안고 화장실로 가서
변기 앞에서 내 손 꼭 붙잡고
'응~ 아'
나랑 '응아' 하던 할머니

어느 날부터
나쁜 병이라는 마귀가
할머니를 아프게 하던 날

아파서 너무 아파서
하늘나라로 가신 할머니

'엄마, 아빠
할머니 찾아줘'

행복한 하루

어제까지만 해도
멍울져 있던 꽃봉오리
아침에 보니
'어마' 활짝 피었네

언제나 비어 있던
우리 집 우체통
습관처럼 열어보니
'이제 와' 고개 내민 편지 한 통

사립문 살짝 열고
마당에 들어서니
바둑이가 바라보고
'머엉 멍' 꼬리 흔드네

조용히 앉아
오늘 하루 뒤돌아보니
양볼에 보조개
'패-앵' 패어 있었네

그네

놀이터 한가운데
예쁜 그네
철이도 타고
순이도 타고

우리들이 모두
학교에 가면
아빠도 타고
엄마도 타고

어린이도 어른들도
아무도 오지 않는 날은
바람도 타고
해님도 타고

꽃들도 울고 싶대요

순이가 꽃으로
꽃반지를 만들고

철이가 꽃으로
꽃목걸이를 만들고

아빠도 꽃으로
꽃다발을 만들고

엄마도 꽃으로
꽃병에 꽃을 꽂을 때

꽃들은 웃고 있지만
마음은 소리내어 울고 싶대요

나비가 꽃에게 속삭이는 말

그게 비밀인데 말이지
누구에게도 말하면 안 돼
– 나는 네가 좋거든

누군가 들을세라
간질간질 속삭이는 소리

바람을 타고
멀리멀리 날아갑니다

비가 오는 날

구름 속 물방울
엄마 몰래 나들이 가고

산에 간 물방울
옹달샘 물 채워주고

들로 간 물방울
꽃들에게 목 축여주고

강으로 간 물방울
아기 물고기와 물장구 치고

학교로 간 물방울
일곱 색깔 우산을 씌워주고

소나무

아기 소나무들이
종종걸음으로 산을 오릅니다

높은 봉우리에
누가 먼저 도착하나 내기를 합니다

엄마 아빠도
뒤따라 줄지어 산을 오릅니다

비행기가 뜨는 가을하늘

가을하늘은
고추잠자리 세상

잠자리 잡는다고
설쳐대던 철이

잠자리채 높이 들고
하늘을 휘젓다가

큰 놈 잡았다
신나서 들여다 본다

잠자리채 속에
비행기
비행기

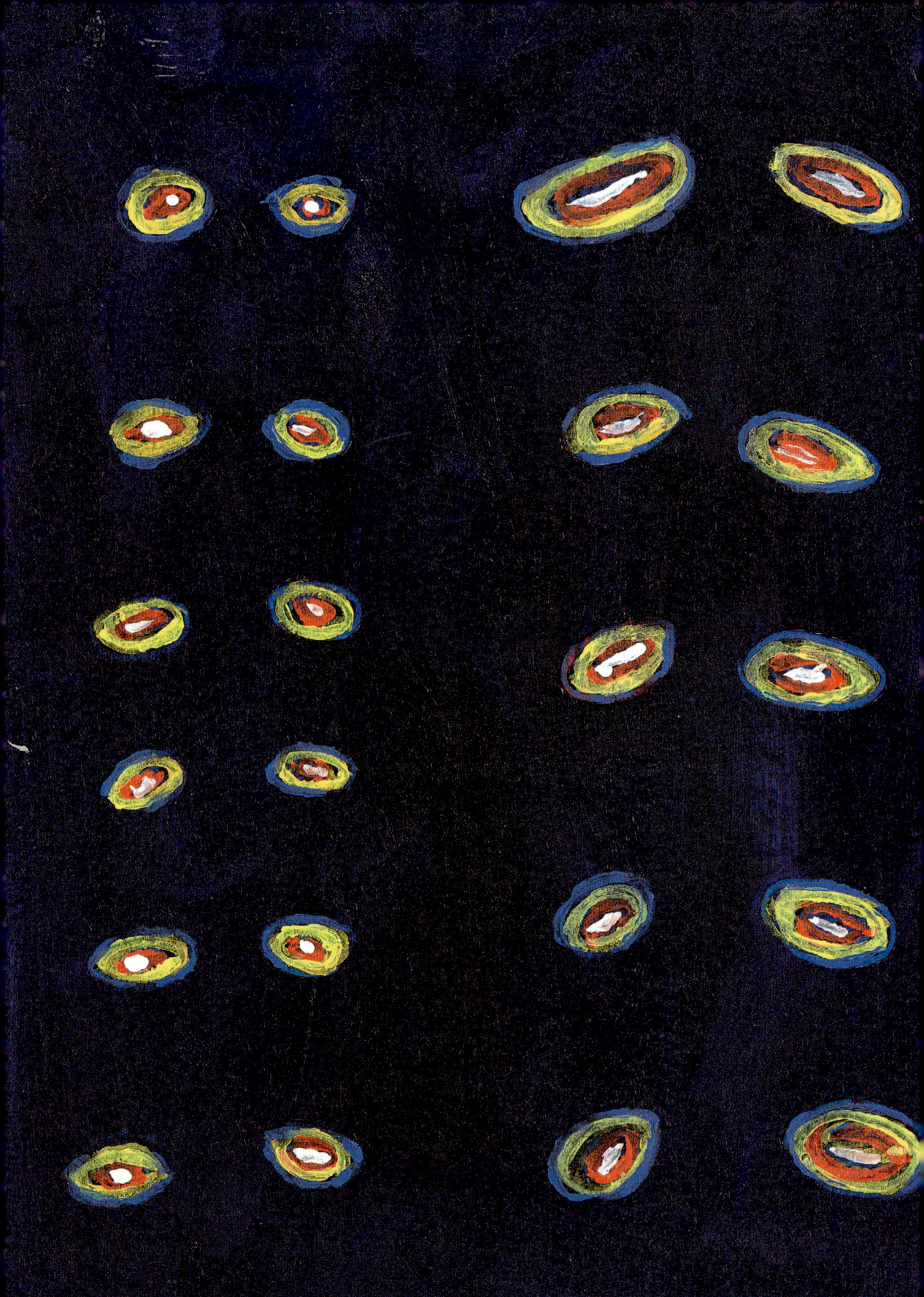

자동차

자동차 앞등은
호랑이 눈

자동차 뒷등은
고양이 눈

밤 고속도로에는
고양이와 호랑이 눈

왜 이리도
달리기 경주가 많을까

무지개 · 1

해님이
색동옷 지으려고
색실 풀어 베를 짜서
햇볕에 말리고 있는
예쁜 다리

선녀들이
나들이 할 때
타고 오라고
해님이 만들어 놓은
예쁜 다리

무지개·2

소나기 지나간 빈 자리
서쪽 하늘에 아기 옷감
색동 비단

색동옷 입은 아기
걸음마 종종
나들이 가고

엄마는 부엌에서
쌀 빻아
아기 좋아하는
무지개떡 만들어요

안경

순이야
우리 꽃안경 하나 사서
꽃안경 쓰고 세상을 바라보면
이 세상은 참 아름다울 거야

철이야
평화로운 안경을 하나 사서
안경을 쓰고 세상을 바라보면
이 세상은 언제나 평화로울 거야

바둑아
우리 의로운 안경을 하나 사서
세상을 향해 멍멍 짖으면
나쁜 것들은 달아나고 말 거야

빈 자리 · 1

오월 어버이날
카네이션 손에 들고
이리저리 둘러봐도
아무도 없는 빈 자리

꽃과 들풀도
나비와 벌들이
모두가 차지하고
혼자 남은 빈 자리

해님과 달님도
구름과 바람이 차지하고
산과 바다도
나무와 물이 차지하고
하나 남은 빈 자리

이제 텅빈 자리
어떻게 채울까
무엇으로 채울까
모두가 다 차지하고
하나 남은 빈 자리

빈 자리 · 2

우리 반 아이들 꽉 차 있어도
서울로 전학 간 철이 빈 자리
너무 넓다

우리 식구 모두 모여 밥을 먹는데
공부하러 유학 간 삼촌 빈 자리
너무 허전하다

동생과 둘이서 소꿉장난하는데
언제나 같이 하던 고모 빈 자리
너무 쓸쓸하다

언제나 할머니 댁 놀러 가면은
우리 강아지 하며 반겨주신 할머니 빈 자리
너무 슬프다

빈 자리 · 3

까치가 떠나 버린
미루나무 위 까치집
너무 무겁다

살구꽃 마을 맨 끝자락
빈 오막살이집
너무 쓸쓸하다

먼 나라로 공부하러 간
텅 빈 누나 방
너무 허전하다

하늘나라로 떠나간
할머니 빈 방
너무 슬프다

아기 친구

아기가 뒤뚱뒤뚱
걸음마 배우면
바둑이도 앞장서
동동동 길 안내해 주고

아기가 중얼중얼
말을 배우면
온갖 새 날아와
삐리리 찌리리 대꾸해 주고

아기가 스르르
잠이 들면
해님은 이불 덮어 주고
바람은 부채질해 주고

아기는
이 세상 모든 것이
이제 친구인가 봐

내 친구

미술 시간
준비물 없어 발을 동동 구르면
자기 도화지
슬며시 밀어 주며
말없이 웃는 내 친구

학교 끝나
책가방 집어 던지고
- 친구야, 놀자.
부르게 되면
후닥닥 튀어나오는 내 친구

하얀 도화지
펼쳐 놓고
누굴 그릴까 생각하다가
그려놓고 보니
늘 가까운 내 친구

톤레사프 아이들

캄보디아 시엠 립, 육지의 바다
톤레사프에는 여러 아이들이
물장구치고 있다

오래도록 설움도 잊은 채
물 위에 떠 있는 집들
물 위에 떠 있는 학교

엄마는 노를 젓고
딸은 물을 긷고
아들은 바나나 팔고

톤레사프는 우리 동네 이웃 마을
언제나 즐거운 초가집처럼
정겹게 호수에 떠 있는 마을

천진스럽게 웃고 있는
벌거숭이 아이들 뒤에는
가난과 설움 속에 떠도는 집시
톤레사프는 나를 목메게 한다

*톤레사프(Tonole Sap): 캄보디아 시엠 립에 있는 호수.

꽃·비·내·리·는·날

라이 따이한

하얀 아오자이 옷을 입은
예쁜 아이가
산토끼 노래를 한다

아빠를 만나면
그 앞에서 노래와 춤을
보여주겠다고
열심히 배운 산토끼 노래

수없이 해가 뜨고 지고
많은 날을 북극성을 헤며
기다리던 아빠

이제는 산토끼 노래도
산토끼 춤도 잊어만 가는 아이

커다란 눈망울에
이슬만 머금은 채
아빠 꿈만 꾸면서
하루를 살아가고 있다

*라이 띠이한: 베트남에 살고 있는 한국계 혼혈아.

꽃·비·내·리·는·날

아가의 행복한 하루

엄마가 입혀 주는 꼬까옷 입고
할아버지 손 잡고 동네 한 바퀴

놀이터 모래밭에 털썩 앉아서
집짓기 모래성 쌓다 헐었다

해님이 서산머리 넘어갈 때쯤
손 흔들고 다가오는 아빠

아쉬움 남겨두고 집에 오면은
반갑게 맞이하는 할머니 얼굴

옛날 얘기 놀다가 듣다가
어머니 팔베개로 잠이 듭니다

엄마 마음 아빠 마음

하얀 도화지 옆에
예쁜 크레파스

오늘 미술시간에는
제대로 그릴 수가 있을까

무슨 색깔로 어떤 모양으로
이리 갸우뚱 저리 갸우뚱

동그라미와 세모만 그리다
오늘도 미술시간은 끝이 났다

꿈의 여행

아기별은 밤만 되면
별똥별을 타고
강물로 내려와 강물과 어울리고

종이비행기는 바람만 불면
구름을 타고
하늘로 올라가 구름과 숨바꼭질

선녀들은 무지개만 뜨면
무지개를 타고
산으로 내려와 나무꾼을 만나고

해님은 낮만 되면
햇볕을 타고
들로 내려와 해바라기가 되고

나는 밤만 되면
꿈 속에서 달빛을 타고
하늘로 올라가 어린왕자와 놉니다

꽃바람 병동

꽃구름이 아름다운 날
암병동 창가 조그만 꽃병 속
수선화 꽃잎에서는
꽃 향기가 솔솔 풍기고

머리를 빡빡 깎은
어린 아들을
예쁜 휠체어에 태우고
병원 뒤뜰을 거니는 어머니

나무 위 파랑새는 예쁘게 울고
어린 아들은 파랑새를 바라보며
꽃바람 환하게 웃고 있다

5월

5월에 내리는 비는
모두 꽃비

5월에 부는 바람은
모두 꽃바람

5월에 나누는 이야기는
모두 꽃이야기

5월에 어린이는
모두 꽃이 되고 나비

파란 하늘 아래
노랑나비 흰나비

꽃처럼 웃고
꽃처럼 자라고 있다

아기와 엄마

랄랄랄
아기가 웃으면 엄마도 웃고
아기가 울면 엄마도 운다

종종종
놀다가도 심심하면 엄마를 찾고
자다가도 깨어나면 엄마를 찾고

돌돌돌
하루 종일 이리저리 돌아다니다
해 기울고 밤이 되면 엄마 찾고

동동동
혼자서 놀고 혼자서 말하다
혼자서 먹다가 혼자서 잠든 아기

털털털
이제 그만 자고 어서 일어나
일 마치고 돌아온 엄마 마중 가자

아기의 꿈

내일은
꽃친구들이 사는 동네에서
나비랑 벌이랑
술래잡기 놀이

모레는
푸른 바닷가 모래밭에서
밀물이랑 썰물이랑
모래성 쌓기 놀이

글피는
아기 다람쥐 따라서
산을 이리저리 휘저으며
도토리를 주워 담고

오늘은
초승달 위로 올라 서서
긴 장대로 아기별 따다가
엄마에게 주고 싶다

바람개비

바람 따라
바람개비로 달리고

파란 바람개비는
파란 바람을 몰고 가고

노랑 바람개비는
노랑 바람을 몰고 간다

각각 색깔의 바람개비를 들고
오늘도 즐겁게 달리고 있다

꿈을 실은 바람개비는
일곱 색깔 무지개가 되고

꿈을 안고 씽씽 달리면
온통 무지개 나라가 된다

바닷가의 빨간 등대

먼먼 섬나라 끝 바닷가에 가면
빨간 등대 하나

배들이 지나가면서
빨간 등대를 향해 뱃고동을 울리고

긴 바닷길에 지친 날개 쉬어가는
빨간 등대 하나

섬을 떠나 서울에 사는 소년은
바닷가를 보며 생각하고

나이 든 어부는 바닷가를 떠났어도
밤마다 바닷가 빨간 등대를 꿈꾼다

새끼손가락을 걸고

유치원 친구 솔이는
가족 따라 먼 나라로 떠나면서
나에게 새끼손가락을 걸었다

고모는 직장을 따라
지방으로 떠나면서
나에게 새끼손가락을 걸었다

가장 사랑하는 할머니도
하늘나라에 가면서
나에게 새끼손가락을 걸었다

마음이 울적할 때마다
나는 새끼손가락을 만져본다

꼭 하고 싶은 말

꼭 하고 싶은 말은
입으로 하는 것이 아니라
눈으로 하지

꼭 하고 싶은 말은
입으로 하는 것이 아니라
웃음으로 하지

꼭 하고 싶은 말은
입으로 하는 것이 아니라
마음으로 하지

꼭 하고 싶은 말은
입으로 하는 것이 아니라
바라만 보지

쥐불놀이

가을걷이 다 끝내고
텅 빈 논밭 사이로
누렇게 물든 풀숲

동네 개구쟁이 친구들
컴컴한 밤 쥐불놀이

하늘에는 별 총총
땅 위에는 쥐불놀이 총총

돌아라 불덩이
돌고 도는 쥐불놀이

하늘도 돌고 땅도 돌고
마음도 도는 쥐불놀이

시인과 화가

화가는 거실에
산과 바다와 들을 들여다 놓고
날마다 날마다
햇빛과 공기와 물을 줍니다

한쪽에는
노루와 꿩과 산토끼를 기르고
또 한쪽에는
꽃과 나무를 마구마구 심는다

시인은 뜰에 나가서
어린이들 마음에
날마다 시를 들려줍니다

철이를 만나면 별들 이야기
순이를 만나면 달님이야기
돌이를 만나면 사랑이야기

시인과 화가는
다정히 손을 잡고
머나먼 길을
나란히 걸어갑니다

고향 찾아 떠나고 있지

잔잔한 호수 한가운데
연꽃잎은 청개구리 태우고 어디로 가나
장마 때 떠내려 간
엄마 무덤 찾아 떠나고 있지

파아란 하늘 한가운데
뭉게구름은 해님 태우고 어디로 가나
서쪽 하늘에 떠 있던
무지개 친구 찾아 떠나고 있지

별빛 총총 밤하늘에
은하수는 달님 태우고 어디로 가나
내 옆에서 떡방아 찧던
옥토끼 찾아 떠나고 있지

남산 꼭대기 서울타워 근처
회색빛 구름은 하햇볕 따라 어디로 가나
도시 하늘 싫어서
고향 하늘 찾아 떠나고 있지

섬나라

썰물이 지나가면
게들은 게들대로
빨간 집게 발가락
훈장처럼 들고서
바닷가를 호령하는 나라

다슬기들이 기어다니면
망둥이 짱둥이들이
뛰어놀며 숨바꼭질하고
뱃고동 노래 속에
미역 조개를 따는 나라

밀물이 밀려오면
갈매기 배웅 속에
고기잡이 배를 타고 돌아오고
아이들은 책가방을 내던지고
노을 질 때까지 신나게 노는 나라

파도소리가 자장가로 불러주면
엄마가 없어도 아기는
스스르 잠이 드는 나라

바닷가에 사는 어린이

갈매기가 부르는 소리에
맨발로 바닷가로 달려 나와
불가사리로 딱지치기 하고
금모래 은모래로 집짓기 한다

물결 치는 소리로 노래 배우며
하루 종일 바닷가 놀다 보면
새벽에 떠났던 아빠 고깃배
뚜우- 뚜. 뱃고동 소리로 부른다

선창가 뱃머리에 다가오면은
하던 놀이 모두모두 내팽개치고
두 팔 벌리고 기다리는 아빠 품에
오늘도 달려 간다

고기망태 옆구리 끼고
엄마 조개 아기 조개 담고
손잡고 집으로 걸어가면은
바닷가로 지는 해 방긋 웃는다

도시 속 아이들

세 살 난 아들은
자기를 좋아하는 여자들만 보면
엄마 엄마

세 살 난 딸은
자기랑 놀아주는 남자들만 보면
아빠 아빠

세 살 난 아들과 딸은
이쁜 여자들만 보면
고모 고모

도시 속에 사는
세 살 난 아들 딸들은
세상 어른들이
모두 다 내 가족이다

야! 방학이다

산으로 가자
깊은 계곡 나무숲 산토끼 찾아
산 냄새 숲 냄새 자연을 바라보자

들로 가자
저 푸른 들판은 우리들 놀이터에서
뒹굴고 소리치며 마음껏 달려보자

강으로 가자
첨벙첨벙 물놀이 고기잡이하다
알몸으로 뛰고놀 친구들과 놀러가자

바다로 가자
흰 돛단배 타고서 넓은 세상으로
바다 끝 저멀리 꿈을 찾아가자

아빠 엄마들
제발 자유롭게 놔둬 보세요
우리들도 이제 모두 달려갑니다

언덕 위 하얀 집

가난한 부부가 벽돌 쌓고
시멘트 바르며
주춧돌 쌓아 만든 집

부부가 믿음으로 지은
언덕 위의 하얀 집

〈천사〉가 지은
언덕 위의 하얀 집

오늘도 그 집에서는
뛰놀며 웃는 웃음 소리

하늘 끝까지
멀리멀리 메아리치고 있다

〈천사〉가 지은
언덕 위의 하얀 집

하늘나라

내가 보고 싶은 사람은
모두 하늘나라에 있지
- 할머니, 천사, 선녀 -

내가 보고 싶은 곳은
모두 하늘나라에 있지
- 천당, 달, 은하수 -

내가 좋아하는 것은
모두 하늘나라에 있지
- 별, 구름. 무지개 -

토끼

산에는 산토끼
집에는 집토끼

산에 사는 산토끼는
다람쥐가 친구고
집에 사는 집토끼는
아기들이 친구죠

산에 사는 산토끼는
혼자서 밥을 먹고
집에 사는 집토끼는
아기가 밥을 주죠

산토끼는 산이 좋아
산에서 살고
집토끼는 아기가 좋아
집에서 살죠

벌과 나비

노랑나비 노랑꽃 꿀 먹고 냠냠
하얀나비 하얀꽃 꿀 먹고 냠냠

왕벌은 왕벌끼리 꽃 찾아 붕붕
꿀벌은 꿀벌끼리 꽃 찾아 붕붕

꽃나라 꽃잔치에 나비 손님 오셨네
꽃나라 꽃잔치에 벌 손님 오셨네

꽃과 나비 소곤소곤 예쁜 이야기
꽃과 벌 속닥속닥 고운 이야기

호호 웃는 꽃님에 반해버린 나비
호호 웃는 꽃님에 반해버린 벌님

벌과 나비 서로서로 손 잡고
벌과 나비 떠날 줄을 모르네

강아지

강아지 쫄랑쫄랑 아기 뒤 따라가고
검둥개 살금살금 엄마 뒤 따라가고

강아지 아기 따라 마당에서 빙빙빙
검둥개 엄마 따라 동네 한 바퀴

아기는 아기대로 신이 나서 자박자박
엄마는 엄마대로 이리저리 저벅저벅

아기는 강아지 따라 걸음마 배우고
엄마는 검둥개 따라 동네마실 다니고

강아지는 아기 따라 검둥개는 엄마 따라
하루 종일 바쁘네 서로 서로 바쁘네

고추잠자리

고추잠자리 왔다 갔다
바쁜 걸 보니
바람이 제법 차갑게 느껴지는구나

고추잠자리 왔다 갔다
바쁜 걸 보니
뒤뜰에 밤나무 열매가 토실토실 익었겠구나

고추잠자리 왔다 갔다
바쁜 걸 보니
뒷집 초가집 호박덩이도 제법 굵어졌겠구나

고추잠자리 왔다 갔다
바쁜 걸 보니
오늘 저녁 보름달도 높이 뜨겠구나

물오리떼 나들이

연못 위에 둥둥
물오리 떼 나들이
나뭇잎 배 타고 가고

땅 위에 뒤뚱뒤뚱
물오리 떼 나들이
봄바람 타고
병아리도 따라 가고

하늘도 맑게 갠 날
물오리 떼 나들이
흰구름 타고
우리 아기도 따라 가고

여우별

부끄러움 많이 타는 미미는
하늘에서 여우별이 되어
은하수에서 삽니다

견우와 직녀
만나는 날
잠깐 나타나고

엄마가 보고 싶을 때
나타나는 여우별
여우별은 엄마 눈에만 보입니다

간이역 마을

조용한 산골마을
산도 졸고 강도 졸고
강아지도 조는 한가한 마을

한번씩 기적소리 내며
지나가는 기차 소리에
잠깐 잠깐씩
기지개 켜는 마을

하루 한두 번 열차가 서면
한두 명씩만 내리는
간이역 마을

할머니 냄새가 나는
간이역 마을에 가면
어릴 적 대문 앞에서
기다리는 엄마를 본다

달님의 나들이

달님은
별들이 차랑차랑 흔들리는 밤
제각기 나들이를 한다

초승달은
은하수 호수 위에
낚싯대를 드리우고
아침을 낚고

보름달은
구름 층계로 내려와
달맞이꽃을 마중하고

그믐달은 구름 층계로 내려와
높은 나무 위에 걸터앉아
지구를 사진 찍고 있다

겨울에 피는 동백꽃

할아버지 자랑스런 몸매 닮은
줄기 줄기마다
아버지 두툼한 손바닥 같은
녹색 잎새 잎새 사이

어머니 빨간 입술 같은 꽃잎 속
누나의 뽀오얀 속살처럼
삐죽이 나온
노오란 꽃술 꽃술들

할머니 하얀 머리카락으로
눈 만들어
사뿐히 머리에 이고
동백꽃은 그렇게 피고 있겠지

시골집 대문

모두가 필요하면 들어오는 문
모두가 어려우면 찾아오는 문

스님도 찾아오면 쌀 한 줌
각설이도 찾아오면 보리 한 줌

삽살개도 동네마실 들락날락
뒷집개도 제 집처럼 왔다 갔다

꼬꼬닭 병아리 떼 가슴에 품고
끄덕끄덕 졸고 있는 시골집 마당

산새 들새

오늘도 산새는 포르르
넓은 들, 들에 사는
들새 친구 찾아 가고

오늘도 들새는 파르르
깊은 산, 산에 사는
산새 친구 찾아 가고

산마을 산골 소식
들새에게 전해 주고
들마을 동네 소식
산새에게 전해 주고

산새는 산에 사는 우체부
들새는 들에 사는 우체부

산길

꼬불꼬불 산길에는
산토끼가 다니고
구불구불 산길에는
산돼지가 다니죠

꼬불꼬불 산길에는
할미꽃이 피고지고
구불구불 산길에는
진달래가 피고지고

꼬불꼬불 산길에는
할머니가 나물 캐고
구불구불 산길에는
할아버지 나무 하고

순이는 엄마 따라
꼬불꼬불 산길 가고
철이는 아빠 따라
구불구불 산길 가죠

시냇물

산골짜기 요리조리 흐르는 시냇물
오늘도 졸졸졸 흘러가지요

낮잠 자는 토끼에게 자장가 들려 주고
목마른 사슴에게 먹는 샘물 주지요

산골짜기 여기저기 흐르는 시냇물
오늘도 흘러흘러 모두에게 가지요

산골마을 새 소식 나뭇잎에 싣고서
아랫마을 윗마을 편지 배달 가지요

산골짜기 굽이굽이 흐르는 시냇물
오늘도 돌아돌아 여기저기 가지요

송사리, 쉬리, 아기 물고기 데불고
먼 나라 넓은 나라 바다 구경 가지요

해님

해님은
기쁜 일이 있으면 활짝 웃는 얼굴로
무지개다리 위로 종종종 왔다 갔다

해님은
괴로운 일이 있으면 가녀린 얼굴로
구름 뒤에 숨어서 슬슬슬 왔다 갔다

해님은
노여운 일이 있으면 찌푸린 얼굴로
천둥 번개 데불고 왔다 갔다

해님은
슬픈 일이 있으면 처량한 얼굴로
비를 몰고 다니면서 덜덜덜 숨었다

꽃가마

삼단 같은 머리에
옥비녀 꽂고
긴 머리 꼬리에
꽃댕기 달고

초승달 같은 눈썹에
수정 같은 눈망울
푹 패인 보조개에
연지곤지 찍고

날씬한 몸매에 노랑저고리
개미 같은 허리에 분홍치마
오이씨 같은 발에 하얀 버선
금박무늬 빛나는 꽃신 신고

무지갯빛 꽃으로 단장하고
화려한 꽃가마 타고
산 넘어 강 건너
시집 가나 봐

도토리

다람쥐 한 마리
도토리 물고
고맙다고
두 손 모아
도토리 먹고

아기새 한 마리
도토리 모자
뽐내며
에- 헴
머리에 쓰고

아기새 다람쥐
서로서로
도토리 놓고
영차영차
줄다리기 하네

강낭콩 꽃

오늘 아침
베란다 강낭콩 화분에
보랏빛 꽃 한 송이 폈다
날아온 한 마리 나비처럼

베란다에서
햇빛도 받지 못 하고도
어쩜!
빛깔이 곱기도 하다

가만히 들여다보니
꽃술에 조그만 향내가 나고
가느다란 줄기에서
노랫소리 나고 있다

산과 안개

산과 안개는
숨바꼭질 좋아하나 봐
숨으면 찾고
찾으면 숨고

산과 안개는
서로서로 좋아하나 봐
안개는 산을 어루만지고
산은 안개를 품어주고

아침에 일어나
산은 이슬로 세수 하고
안개는 얼굴을 닦아주고
서로 한가족인가 봐

바닷가 이야기

밀물과 썰물
교대로 나와
모래와 바위에게 노래 불러 주고

빈 소라껍데기는
바람과 둘이서
다정히 앉아 피리 불어주고

아기불가사리는
모래밭 여기저기 흩어져서
하늘에 떠 있는
아기별 흉내내는 놀이에 빠져 있고

순이는 멀리 보이는
수평선을 바라본다
고기잡이 나간
아빠 배를 기다리며
모래성을 쌓고 있다

산 이야기

노랑은 노랑대로
빨강은 빨강대로
온 산을 휘젓고 다니며
꽃길 만드는 이야기

토끼는 토끼대로
다람쥐는 다람쥐대로
나무와 숲을 부추기며
숲길 만드는 이야기

나무와 나무들은
제각기 물감을 흘리면서
붓 가는 대로 색칠하며
단풍길 만드는 이야기

하늘은 하늘대로
하— 얀 물감을
마구마구 뿌리면서
눈길 만드는 이야기

꽃·비·내·리·는·날

155

진달래와 개나리

봄이
시집 가고 싶어
분홍 치마
노랑 저고리
고운 한복
입고 있다

가을 이야기

앞마당 감나무 꼭대기에
빨간 감 몇 개
할아버지 따뜻한 마음
그 속에 담겨 있다

뒷마당 장독대 위
빨간 고추, 고추들
할머니 따뜻한 마음
그 속에 담겨 있다

앞산 밤나무까지
잘 익은 밤송이, 송이
산할아버지 따뜻한 마음
그 속에 담겨 있다

뒷산 도토리 나무
모자 쓴 도토리, 도토리들
산할머니 따뜻한 마음
그 속에 담겨 있다

나뭇잎 배

산골 소녀는
오늘도 나뭇잎 배를 만들어
냇가에 띄웁니다

어제 만든 나뭇잎 배에는
버들 잎을 띄워 보냈습니다
오늘 만든 나뭇잎 배에는
들꽃을 띄워 보냅니다

내일 만들 나뭇잎 배에는
무엇을 띄워 보낼까요
소녀는 밤새 생각, 생각 하다가
내 꿈을 나뭇잎 배에 보냅니다

꽁꽁 얼어붙은 냇가에
다시 냇물이 흘러가요

산골소녀는
또 다시 나뭇잎 배를 만들어
냇가에 띄웁니다

산 소나기

산은 말끔히 샤워 한 다음
깨끗한 옷으로 갈아 입고
숲 속 친구들을 구경합니다

청개구리들은
옹달샘 속에서 물장구를 치며
다이빙을 하고

다람쥐들은
이 나무 저 나무를 숨바꼭질 하며
술래를 찾아다니고

토끼와 노루들은
제 세상을 만났다고
껑충껑충 이리 뛰고 저리 뛰고

꽃과 나무들은
몸단장을 끝내고
모두 외출 준비를 하고 있다

소녀와 파랑새의 꿈

조그만 창문 밖으로 보이는
미루나무 위 파랑새 한 마리
병석에 누워 창문만 바라보는
침대 위 어린 소녀

미루나무 위에 혼자 앉아
창문을 바라보는 파랑새
소녀와 파랑새는
서로서로 눈인사

소녀는 파랑새가 부러워
하늘을 쳐다보고
파랑새는 소녀가 슬퍼 보여
창문을 쳐다보고

둘이는 서로서로
다른 꿈을 꾸면서
하늘을 바라보며
모두 기도를 합니다

밤이 되면 아침 오듯이

지금 슬프다고 우는 친구야
눈물이 지나가면
저만치서 다가오는 밝은 햇빛이
보이지 않니?

지금 기쁘다고 웃는 친구야
웃음이 지나가면
저만치서 다가오는 검은 구름이
보이지 않니?

정다운 친구야
우리도 열심히 뛰고 뛰다보면
언젠가는 달나라도 별나라도
갈 수 있지 않겠니?

해바라기

언제나 웃는 모습으로
해님을 맞이하는 해바라기

구름이 앞을 가리고
바람이 등을 떠밀어도
해님만을 바라보는 해바라기

해님은
해바라기를 향해 빙빙 돌고
해바라기는
해님을 향해 빙빙 돌고

서로 바라보며 빙빙 돌아보면
하루 해가 저물고

다시 아침이 올 때까지
고개 숙여 기도하는 해바라기

하늘과 별을 사랑하는 시인

문 삼 석

(아동문학가 · 국제펜클럽 부이사장)

1

내가 보고 싶은 사람은
도두 하늘나라에 있지.
– 할머니, 천사, 선녀 –

내가 보고 싶은 곳은
모두 하늘나라에 있지.
– 천당, 달, 호수 –

내가 좋아하는 것은
모두 하늘나라에 있지.
– 별, 구름, 무지개 –

– '하늘나라'

 최두호 시인은 유난히 하늘나라를 좋아해.
 가장 보고 싶은 사람이나 보고 싶은 곳, 또 가장 좋아하는 것들이 모두 하늘나라에 있다고 했거든.

 '할머니, 천사, 선녀, 천당, 달, 호수, 별, 구름, 무지개……'

　어때? 마음에 뭔가 느껴지는 게 없니?

　이 가운데에서 호수를 제외하곤 우리가 직접 만지거나 가까이할 수 있는 건 하나도 없어.

　돌아가신 할머니, 천사, 선녀들도 그렇지만, 천당 같은 곳은 우리들 마음속에서나 그려볼 수 있을 뿐, 직접 만지거나 가볼 수 있는 존재들이 아니야.

　달이나 별, 또는 무지개들도 마찬가지가 아니니?

　최시인은 왜 우리들과 가까이 있는 둘레의 사물들을 제쳐두고, 구태여 멀리 있거나 상상으로만 그려볼 수 있는 존재들을 좋아하는 걸까?

　그건 최시인의 작품들을 더 많이 읽어보면 알아낼 수 있을지도 몰라.

　하늘나라에는
　별나라 마을이 있습니다.

　해님은 아빠가 되고
　달님은 엄마가 되어
　많은 별들을 낳았습니다.

　은하수 강물 위에서
　뱃놀이 하기

　별똥별이 되어
　지구로 놀러 오기

나는 밤마다 하늘을 쳐다보며

어느새 나도 별이 되어

하늘을 날아다니고 있습니다.

　　　　　　　　　　　　　－ '하늘을 날아다니는 아이'

　하늘나라는 해님 아빠와 달님 엄마가 사는 마을이래. 그리고 또 수없이 많은 별 아이들도 함께 모여 사는 마을이라고 했어.

　그 아이들은 은하수 강물 위에서 뱃놀이를 하면서 놀다가, 심심하면 별똥별이 되어 지구로 놀러오기도 한다는 거지.

　맞아, 우리들도 때때로 밤하늘에서 긴 빛 꼬리를 달고 떨어지는 별똥별을 볼 때가 있잖아? 바로 그게 별들이 심심해서 지구로 놀러오는 거래.

　어때? 재미있지 않니?

　그런데 시인은 날마다 그런 하늘을 쳐다보면서 별이 된다고 했어. 반짝반짝 빛나는 별 아이들과 어울려 밤 내내 하늘을 날아다닌다는 거지.

　생각해 봐. 별 아이들과 어울려 높은 하늘을 마음껏 날아다니며 신이 나 즐거워하는 시인의 모습을.

　하늘은 항상 우리들의 머리 위에 있지. 그래서 우리가 무엇을 바라거나 소원을 빌 때에는 언제든지 하늘을 우러러보게 되는 거야.

　그건 해나 달, 또는 별들도 마찬가지야. 그것들은 쉽게 다가갈 수도, 쉽게 만질 수도, 또한 쉽게 가질 수도 없는 것들이지.

　그들은 아득히 먼 곳에 있으면서 언제나 한결같은 모습으로 우리들을 내려다보고만 있어. 그래서 사람들은 누구나 간절히 바라거나 이루고 싶

은 것이 있으면 변치 않는 그 모습들을 보면서 소원을 이루어달라고 비는 거야.

하늘이나 별을 그토록 우러르는 건 어쩌면 시인의 마음속에 바라는 것이 너무 많아서인지도 몰라. 별 아이들처럼 항상 반짝이는 미소를 갖고 싶은 소망, 저 가을 하늘처럼 한없이 맑고 깨끗해지고 싶은 소망, 그리고 그들처럼 언제나 봐도 변함없는 모습을 갖고 싶은 소망들을 이루고 싶은 마음에서가 아닐까?

소망을 가지고 산다는 건 아주 중요해. 세상의 모든 일은 모두 사람들의 소망으로 이루어진 것들이거든. 만약에 사람들에게 아무런 소망이 없었다면 오늘날의 세상은 없었겠지.

흔히 꿈이라고 불리는 소망은 그래서 매우 중요해.

하늘나라를 그리워하고, 또 별과 함께 놀고 싶어 하는 최두호 시인은 정말 꿈을 꾸는 시인이야. 어떤 어려움이 있더라도 이처럼 깨끗하고 맑은 소망을 지니고 산다는 것은 얼마나 신나는 일이니?

2.

놀이터 한가운데
예쁜 그네
철이도 타고
순이도 타고

우리들이 모두
학교에 가면
아빠도 타고
엄마도 타고

어린이도 어른들도
아무도 오지 않는 날은
바람도 타고
해님도 타고.

                                        - '그네'

놀이터 한가운데 있는 그네, 누가 타는 걸까? 물론 골목대장 철이가 타고 순이가 타지.

철이나 순이는 학교만 끝나면 언제나 놀이터에서 함께 놀거든.

그런데 이상해. 아빠도 타고 엄마도 탄다고 했어. 우리들이 놀이터에서 놀 때에는 점잖은 척, 팔짱만 끼고 보고만 계시던 아빠 엄마가 그네를 타시다니? 그것도 우리가 없을 때 몰래 말이야.

정말 아빠 엄마들도 우리처럼 그네를 타시는 걸까? 그 큰 몸으로 그네를 타신다면 혹시 그네줄이 끊어지지는 않을까? 그리고 아빠 엄마들이 그네를 탄다면 우리들처럼 힘껏힘껏 발판을 구르고, 또 날개를 단 것처럼 훨훨 하늘을 향해 나아갈 수 있을까?

아무래도 참 궁금해. 그렇지만 이것만은 분명하지. 아빠, 엄마들도 옛

날에는 분명히 우리들처럼 그네를 타는 어린이들이었다는 거 말이야.

그러니까 아빠 엄마들도 가끔은 우리들처럼 어린이가 되어보고 싶은지도 몰라. 아마 그래서 우리들 몰래 그네를 타보신 걸 거야. 아아, 그래서였구나!

그런데 말이야, 아이들도, 어른들도 오지 않은 날은 누가 그네를 탈까? 아무도 못 봤을 것 같은데 용케도 최시인은 봤어. 바로 바람도 타고 해님도 타는 걸 말이야.

바람이 타는 그네, 상상이 되니?

그네가 혼자 움직이고 있다면 그건 바람에 그네가 흔들리는 게 아니라 바람이 그네를 타고 있는 거라구. 그리고 햇빛이 그네 위에서 반짝반짝 빛나고 있다면 그건 바로 해님이 그네를 타고 있다는 표시야.

어린이도, 어른도, 바람도, 해님도 모두 즐겁게 해주는 그네, 정말 다정한 우리네 친구야. 그네야, 고마워.

어때? 이런 다정한 친구를 찾아낸 최시인의 눈이 정말 대단하지 않니?

3

모두가 필요하면 들어오는 문
모두가 어려우면 찾아오는 문

스님도 찾아오면 쌀 한 줌
각설이도 찾아오면 보리 한 줌

삽살개도 동네마실 들락날락
뒷집개도 제 집처럼 왔다갔다

꼬꼬닭 병아리떼 가슴에 품고
끄덕끄덕 졸고 있는 시골집 마당.
                                    - '시골집 대문'

도시에서만 살고 있는 어린이들이라면 이해하기가 좀 어려울지 모르겠네. 하지만 시골에서 살거나 시골에 친척집이 있는 어린이라면 금세 알 수 있는 풍경이야.

지금은 높고 큰 아파트에서 살고 있는 사람들이 많지. 그러다보니 많은 사람들이 위에 나와 있는 풍경들과는 아주 먼 생활들을 하고 있어.

언제나 꽁꽁 닫혀있는 문이 아니라, 필요할 때마다 그냥 드나들 수 있고, 어려움이 있을 때에도 마음대로 드나들 수 있는 문이 있다면 참 좋겠지?

그런데, 그런 대문이 있어. 바로 그게 항시 열려 있는 시골집 대문이야. 스님도, 각설이도, 삽살개도, 뒷집개도 언제든지 자기집처럼 스스럼없이 드나들 수 있는 문, 그 안으로 들어서면 꼬꼬닭이 병아리들을 품고 끄덕끄덕 졸고 있는 마당이 나오지. 한 폭의 그림 같은 시골집 풍경이 참으로 정겹게 느껴지지 않니?

최시인은 왜 이런 모습을 우리에게 보여주는 것일까?

　세상은 우리들이 원하든 원치 않든 간에 자꾸만 다른 모습으로 변해 가고 있어. 하지만 그 중에는 달라져야 할 것도 있지만, 바뀌지 말았으면 하는 것들도 있어. 어떤 것은 새로 바뀐 것이 옛것보다 더 나쁜 것들이 있지. 위에 나온 풍경도 바로 그런 것들이라고 생각해.

　모두가 착한 마음으로 서로 믿고 도와주며 산다면 대문이 무슨 필요가 있겠어?

　스님이 오면 주저 쌀 한 줌을 보시하고, 각설이가 와도 보리 한 줌 서슴없이 내어주는 인심, 아무나 내 식구, 내 살붙이처럼 어울려 사는 마을이 된다면 얼마나 좋을까?

　최시인은 분명히 이런 생각을 하면서 이 시를 썼을 거야.

4

지금 슬프다고 우는 친구야
눈물이 지나가면
저만치서 다가오는 밝은 햇빛이
보이지 않니?

지금 기쁘다고 웃는 친구야
웃음이 지나가면
저만치서 다가오는 검은 구름이
보이지 않니?

정다운 친구야
우리도 열심히 뛰고 뛰다보면
언젠가는 달나라도 별나라도
갈 수 있지 않겠니?

- '밤이 되면 아침 오듯이'

우리들은 날마다 여러 가지 일들을 겪으면서 살고 있어. 때로는 기쁘고 좋은 일에 즐거워하기도 하지만, 때로는 슬프고 억울한 일로 눈물을 흘리기도 하지. 그럴 땐 어떻게 해야 할까?
최시인은 우리들에게 나직하면서도 다정한 목소리로 말하고 있어.

– 지금 눈물을 흘리고 있는 친구야,
　저만치 다가오는 밝은 햇빛을 보아라.
– 지금 기쁘다고 웃고만 있는 친구야,
　저만치 다가오는 검은 구름도 보아라.
– 열심히 뛰어라 친구야,
　반드시 네가 바라는 달나라도,
　별나라도 갈 수 있단다.

생각이 짧은 사람들은, 슬픔이 닥치면 그게 자기에게만 오는 불행이라고 생각하고 더욱 슬프게 울기만 하고, 기쁜 일이 찾아오면 그게 또한 언제까지나 갈 것처럼 으스대고 우쭐대지. 그러다가 헤어날 길이 없는

절망에 빠지거나 지나친 자만으로 더 큰 불행 속으로 떨어지는 경우도 있고 말이야.

최시인은 그걸 경계하고 있는 거야.

어떤 목표가 정해지면 일단 열심히 뛰는 거야. 그러는 가운데 어떤 일이 닥치더라도 흔들리지 말고 앞날을 향해 열심히 나아간다면 나중에는 반드시 좋은 날이 온다는 거지. 달나라도, 별나라 가는 것도 문제없이 이루어진다고 말이야.

최시인은 유난히 하늘을 사랑하는 시인이야.

'하늘을 날아다니는 아이'가 되고 싶고, 날마다 '하늘에 그림을 그리는 아이'도 되고 싶고, '하늘로 가는 기차'도 타보고 싶고, '하늘 사다리'를 타고 올라 '하늘나라 우체국'에도 들러보고 싶고…….

그리고, 푸른 꿈을 좋아하고, 해맑게 웃는 아이들을 좋아하고, 대문이 없는 시골을 좋아하는 시인이지.

최시인의 시를 읽고 있으면 마치 숲속을 채우고 있는 은은한 솔 향내를 맡고 있는 것 같아. 나도 모르게 잔잔한 기쁨이 일고 가슴이 환해지는 게 느껴지지.

너희들도 잘 읽어봐. 내 말이 거짓말이 아니라는 걸 금세 깨달을 수 있을 걸.

한국동시문학

꽃비 내리는 날

· ·

발행일 · 2009년 9월 10일

지은이 · 최 두 호
그린이 · 이 정 애
펴낸이 · 박 종 현
편집장 · 박 옥 주
펴낸곳 · 아동문예

등록일 · 1987년 12월 26일 (제1-609호)
창립일 · 1977년 6월 27일 (마-36호)

대   표 · 995-0071   편집부 · 995-1177
영업부 · 995-0072   팩   스 · 904-0071
주간실 · 995-0073

E-mail · adongmun@naver.com
          · adongmun@hanmail.net
Homepage · www.adongmun.co.kr

(132-033) 서울시 도봉구 쌍문3동 315-402

은행지로 · 3005853

· ·

ISBN 978-89-7798-498-1

· ·

*저자와의 협의에 의해 인지는 생략합니다.